AF363854

3 Juin 1885.

V

VENTE DU MERCREDI 3 JUIN 1885

HOTEL DROUOT, SALLE N° 8

OBJETS D'AMEUBLEMENT

ET CURIOSITÉS

*Bijoux, Argenterie, Armes orientales, Bronzes indiens,
Porcelaines, Faïences*

SCULPTURES EN MARBRE

MEUBLES ANCIENS

Bronzes d'ameublement — Chaise à porteurs

TAPISSERIES ANCIENNES

Beaux Tapis d'Orient, Broderies, Étoffes, etc.

M° P. CHEVALLIER
COMMISSAIRE-PRISEUR
10, rue Grange-Batelière, 10.

M. CH. MANNHEIM
EXPERT
7, rue Saint-Georges, 7.

EXPOSITION PUBLIQUE

LE MARDI 2 JUIN, DE 1 HEURE A 5 HEURES.

IMPRIMERIE DE L'ART

CATALOGUE

DES

OBJETS D'AMEUBLEMENT

ET CURIOSITÉS

BIJOUX — ARGENTERIE — ARMES ORIENTALES

BRONZES INDIENS

PORCELAINES — FAÏENCES

SCULPTURES EN MARBRE

MEUBLES ANCIENS

BRONZES D'AMEUBLEMENT — CHAISE A PORTEURS

TAPISSERIES ANCIENNES

Beaux Tapis d'Orient, Broderies, Étoffes, etc.

DONT LA VENTE AURA LIEU

HOTEL DROUOT, SALLE N° 8

Le Mercredi 3 Juin 1885, à 2 heures

Par le Ministère de Mᵉ PAUL CHEVALLIER, commissaire-priseur,
10, rue de la Grange-Batelière, 10

Assisté de M. CHARLES MANNHEIM, expert,
7, rue Saint-Georges, 7

EXPOSITION PUBLIQUE : Le Mardi 2 Juin 1885
DE 1 HEURE A 5 HEURES

D C 5 4 1 ?

CONDITIONS DE LA VENTE

Elle sera faite au comptant.

Les acquéreurs payeront en sus des enchères *cinq pour cent*, applicables aux frais.

L'exposition mettant le public à même de se rendre compte de l'état des objets, il ne sera admis aucune réclamation une fois l'adjudication prononcée.

Paris. — Imp. de l'Art. E. Ménard et J. Augry
41, rue de la Victoire, 41

DÉSIGNATION DES OBJETS

BIJOUX — OBJETS D'ART VARIÉS

1 — Boîte ovale en or émaillé, à filets d'émail blanc et cordon de demi-perles.

2 — Tasse droite et soucoupe, porcelaine tendre, fond gros bleu et médaillons à sujets maritimes.

3 — Boîte rectangulaire en Mennecy gaufré et à décor de fleurs, avec monture argent.

4 — Deux poivrières Louis XV en argent repoussé à fleurs et rocailles.

5 — Miniature ovale : Portrait de femme avec cadre en or ciselé.

6 — Petit émail peint, de forme ronde.

7 — Médaillon en or.

8 — Broche, argent et roses, fermoir or et
roses.

9 — Nécessaire de fumeur formant cachet, en
argent.

10 — Deux passoires à thé en argent.

11 — Rouet et chaise à porteurs en argent.

12 — Bougeoir adhérent à un plateau ovale, en
argent gravé Louis XVI, et une paire de mou-
chettes.

13 — Clef à tête formée de cariatides et de deux L
entre-croisés.

14 — Bague en or, émeraude et petits brillants.

15 — Montre à répétition en or, de Lepaute.

16 — Trois petites aquarelles dans un cadre en
cuivre doré.

17 — Montre de dame en or émaillé.

18 — Chaîne de gilet en or avec boules en la-
pis, etc.

19 — Broche ovale, or découpé à jour avec fleur en roses.

20 — Soupière ovale en argent à anses et bouton rocailles. Époque Louis XV.

21 — Grande coupe en argent repoussé supportée par des dauphins et surmontée par une figurine d'amour.

22 — Coquille sculptée, montée sur un pied formé par un groupe de deux dauphins en argent doré.

23 — Croix et chaînette or et perles.

24 — Deux bagues et trois paires de boucles d'oreilles, or et pierres fausses.

25 — Boîte à mouches, poudre d'écaille, fond marbré, avec monture argent.

26 — Éventail Louis XVI et éventail chinois.

27 — Haut-relief en bois : le Christ à la colonne.

28 — Plat ovale en argent.

29 — Poignard turc.

3o — Couvert à salade et couvert à découper.

3 1 — Rond de serviette et deux porte-tasses argent, une petite corbeille en cuivre argenté.

3 2 — Bracelet argent avec émaux peints entourés de demi-perles.

33 — Deux boucles d'oreilles or et perles et une croix en or.

34 — Médaillon en ivoire sculpté en bas-relief et représentant Persée et Andromède.

35 — Coffret en forme de soupière, en argent repoussé, à rinceaux feuillagés.

36 — Plaque ovale en émail peint dans le style des émaux de Limoges du xvie siècle et représentant une bataille; cadre sculpté, style Renaissance, orné de plaques d'émail, figures et ornements en grisaille avec rehauts d'or.

37 à 3o — Trois groupes en bronze : Divinités hindoues.

40 — Deux statuettes en bronze. Travail indien.

41 — Pagode hexagone en bronze à douze éta-
ges, ornée de figures en relief.

42 — Groupe de singes : Bacchus à la conquête
de l'Inde. Terre cuite par Fratin.

43 — Crosse en cuivre doré.

44 — Étui de fusil en cuir doré au petit fer et
armorié.

45 — Poignard oriental, manche en morse, fourreau en argent garni de coraux.

46 — Poignard à fourreau velours garni argent
et manche en fer damasquiné d'or.

47 — Masse d'armes en fer, à boule damasquinée
d'or. Travail persan.

48 — Marteau d'armes en fer damasquiné d'or.

49 — Javelot en fer, à poignée au milieu de la
hampe qui est revêtue d'une feuille d'argent.

50 — Deux petits vases persans en cuivre, dont
un émaillé.

51 — Gobelet en argent russe, doré et niellé.

52 — Miniature dans un cadre de l'Empire en cuivre doré.

53 — Cadre à reliques en cuivre Renaissance et un Christ gothique en cuivre.

PORCELAINES — FAIENCES

54 — Plat hispano-arabe à reflets métalliques.

55 — Deux vases à couvercles et fleurs en relief en porcelaine décorée, dans le goût du Saxe.

56 — Deux vases, forme balustre, Chine moderne, décor à personnages.

57 — Deux bouteilles faïence, à décor polychrome.

58 — Neuf pièces faïence, plaques, plats et assiettes.

59 — Deux bouteilles, un bol et un plateau en terre gravée.

60 — Deux vases en porcelaine tendre, à décor
en camaïeu rose et ornements bleu et or, de
style Louis XVI.

61 — Deux statuettes en porcelaine bleu tur-
quoise à rehauts d'or, avec monture en
bronze formant girandole.

62 — Aiguière, Rouen, décor bleu et ocre rouge.

63 — Deux statuettes en porcelaine de Chine,
décorée en émaux de couleurs, personnages
portant des vases.

64 — Vase (gourde à deux renflements), Chine,
fond vert d'eau.

65 — Vase à deux anses en céladon bleuâtre cra-
quelé.

66 — Vase Chine, décor à personnages.

67 — Pagode en porcelaine.

68 — Trois pitongs cylindriques.

69 — Deux grosses potiches à couvercles, en
Chine moderne.

70 — Coupe ovale porcelaine décorée et bronze.

MARBRES

71 — MARBRE BLANC. — Jolie statuette d'enfant caressant un chien, par F. BARZAGHI, 1873.

72 — MARBRE BLANC. — Groupe représentant Psyché et l'Amour.

73 — Deux gaines carrées en marbre griotte.

74 — Deux fûts de colonnes cannelées.

MEUBLES — BRONZES

75 — Beau lit Renaissance en bois de noyer sculpté, à décor de godrons et à colonnes cannelées dont les bases sont couvertes d'entrelacs et de mascarons.

76 — Bibliothèque en palissandre et bois rose, ouvrant à deux portes, vitrées dans leur partie supérieure.

77 — Deux jolies chaises en bois de noyer sculpté de style Louis XIV et foncées de jonc doré.

78 — Grande pendule et sa console d'applique de l'époque Louis XV, en écaille avec ornements en bronze.

79 — Deux chenets en bronze doré, joli modèle à vases et guirlandes.

80 — Deux autres de modèle analogue.

81 — Petite vitrine plate en bois noir, vitrée de glaces à biseaux.

82 — Deux flambeaux Renaissance en bronze à mascarons et socles triangulaires portés par des dragons.

83 — Paravent à six feuilles, tendues en soie Renaissance, à fleurs et arabesques en broderie de soie et d'argent sur fond blanc.

84 — Table milanaise en bois noir richement incrusté d'ivoire, à décor d'arabesques et de plaquettes gravées.

85 — Deux chenets en bronze doré de l'époque Louis XV, à rocailles et figurines d'enfants.

86 — Deux girandoles à six lumières en bronze, garnies de cristaux.

87 — Petite table à ouvrage Louis XV, en bois rose, dessus en marbre blanc avec galerie en cuivre.

88 — Pendule Louis XVI en bronze doré et marbre blanc, ornée de deux figures allégoriques en bronze à patine verte.

89 — Deux flambeaux Louis XV, côtelés en spirales.

90 — Table à jacquet en acajou du temps de Louis XVI.

91 — Vitrine carrée en acajou garnie de cuivre.

92 — Chaise à porteurs de l'époque Louis XV, en bois sculpté et doré et à panneaux décorés de scènes champêtres.

93 — Grande bibliothèque en chêne sculpté, mesurant 2 m. 90 cent. sur 2 m. 90 cent.

94 — Garniture de cheminée, Empire, en bronze doré.

95 — Deux flambeaux Louis XIII en cuivre, à bases triangulaires.

96 — Chiffonnier Louis XVI à sept tiroirs, en
acajou à moulures de cuivre et à dessus de
marbre.

97 — Lanterne du xviie siècle, en cuivre, à dôme
découpé à jour.

98 — Plusieurs panneaux anciens en bois sculpté,
colonnes Renaissance, boiseries, etc.

99 — Table à pieds tournés, avec dessus en
faïence peinte, représentant des baigneuses.

100 — Garniture de cheminée en cuivre : pendule,
flambeaux et girandoles à quatre lumières.

101 — Plusieurs paires d'appliques, fonte polie.

102 — Jardinière en bois peint et doré, à fond de
glace.

103 — Petit médaillier en bois de palissandre,
contenant une collection de moulages en
plâtre.

104 — Quatre appliques en bronze, garnies de
cristaux.

105 — Table de style mauresque, en bois laqué et rehaussé de dorure.

106 — Secrétaire en bois rose, garni de cuivres et de plaquettes en porcelaine décorée.

TAPISSERIES — TAPIS D'ORIENT — ÉTOFFES

107 — Grande et jolie tapisserie flamande du xviiie siècle, représentant une Chasse au cerf, avec belle bordure composée de guirlandes de fleurs et de fruits, de rinceaux, de dauphins, de mascarons, etc.

Haut., 3 m. 5o cent.; larg., 5 m. 20 cent.

108 — Grande tapisserie du xviiie siècle, représentant Apollon et Daphné, avec bordure composée de fleurs et de rinceaux. (Cette bordure est incomplète.)

Haut., 2 m. 95; larg., 4 m. 8o cent.

109 — Grande tapisserie flamande, représentant une scène d'hyménée, avec bordure sur trois côtés, composée de festons de fleurs.

Haut., 2 m. 6o cent.; larg., 4 m. 45 cent.

110 — Six rideaux d'ancienne soie brochée avec bandes en guipure.

111 — Couvre-lit en guipure.

112 — Bandeau de lit d'ancien velours à dessins grenat en relief sur tissu jaune, avec encadrements de passementeries et d'effilés.

113 — Pente d'ancien velours à dessins grenat en relief.

114 à 122 — Neuf beaux et anciens tapis d'Orient de dessins variés.

123 — Grand couvre-lit à riche décor de fleurs en broderies de couleurs sur drap blanc.

124 — Tapisserie flamande du xviie siècle, représentant des guerriers offrant une statuette à un personnage debout sur le seuil d'un temple.

125 — Petit tableau en broderie de soie, représentant la Salutation angélique, avec cadre en filigrane d'argent enrichi de pierres de couleurs.

126 — Portière et lambrequin en tapisserie, verdure et oiseaux.

127 — Pointe en guipure.

128 — Trois morceaux, broderies.

129 — Barbe et fond de bonnet en dentelle blanche.

www.ingramcontent.com/pod-product-compliance
Lightning Source LLC
LaVergne TN
LVHW012132170726
843501LV00008BC/3142